深沉 寧靜的 星光燦爛夜

凝神傾聽 令人懷念的

那一天 不記得

是誰 在那 竊竊私語

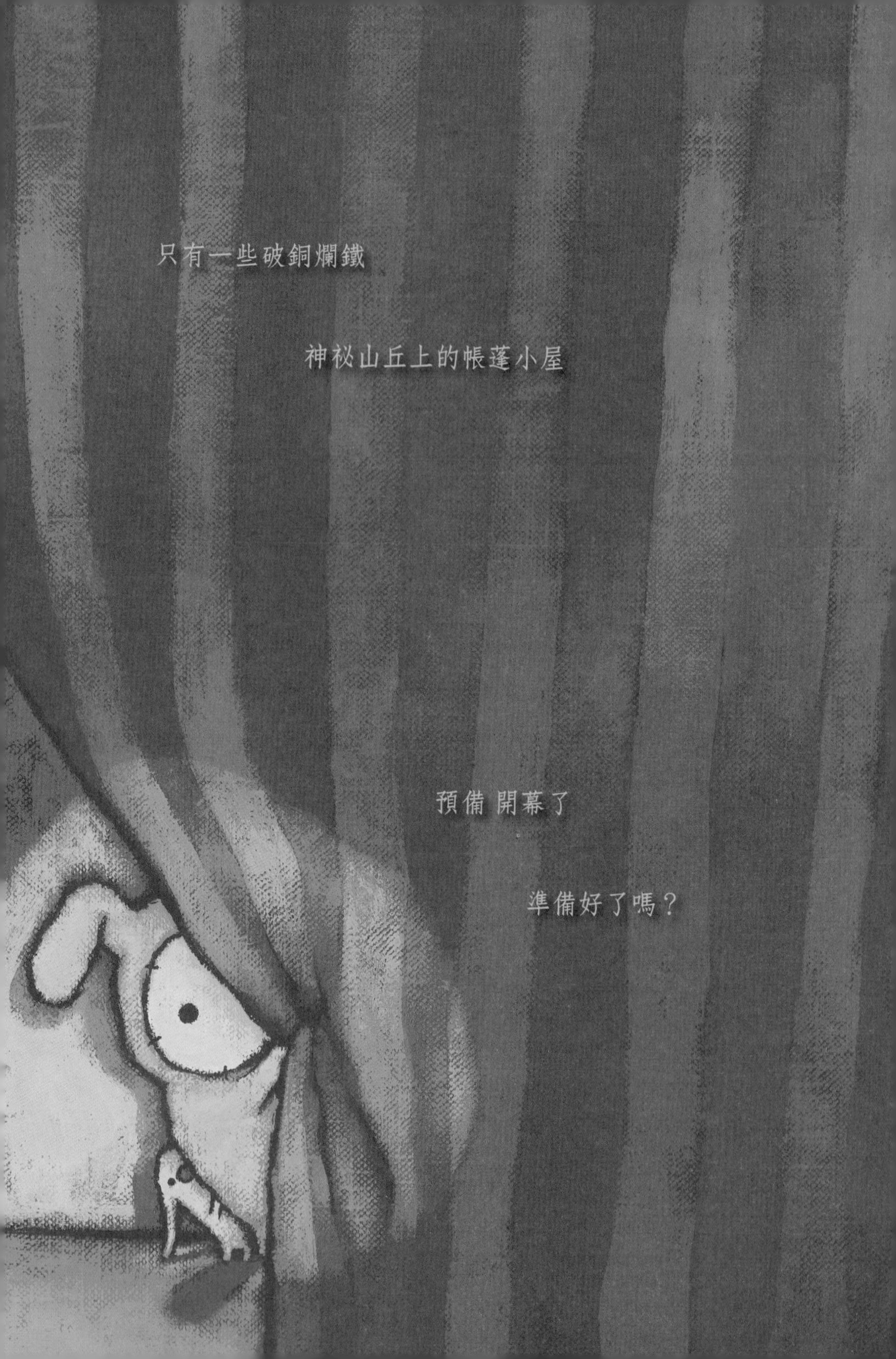
只有一些破銅爛鐵
神祕山丘上的帳蓬小屋
預備 開幕了
準備好了嗎？

Sentimental Circus.

深情馬戲團

再會 太陽公公

明天見

今夜 依舊

伴著暮色昏沉

漆黑的 閣樓裡

房間的 一角

寂靜的 夜裡

小鎮的 巷弄裡

破舊

玩具們的

夢想島

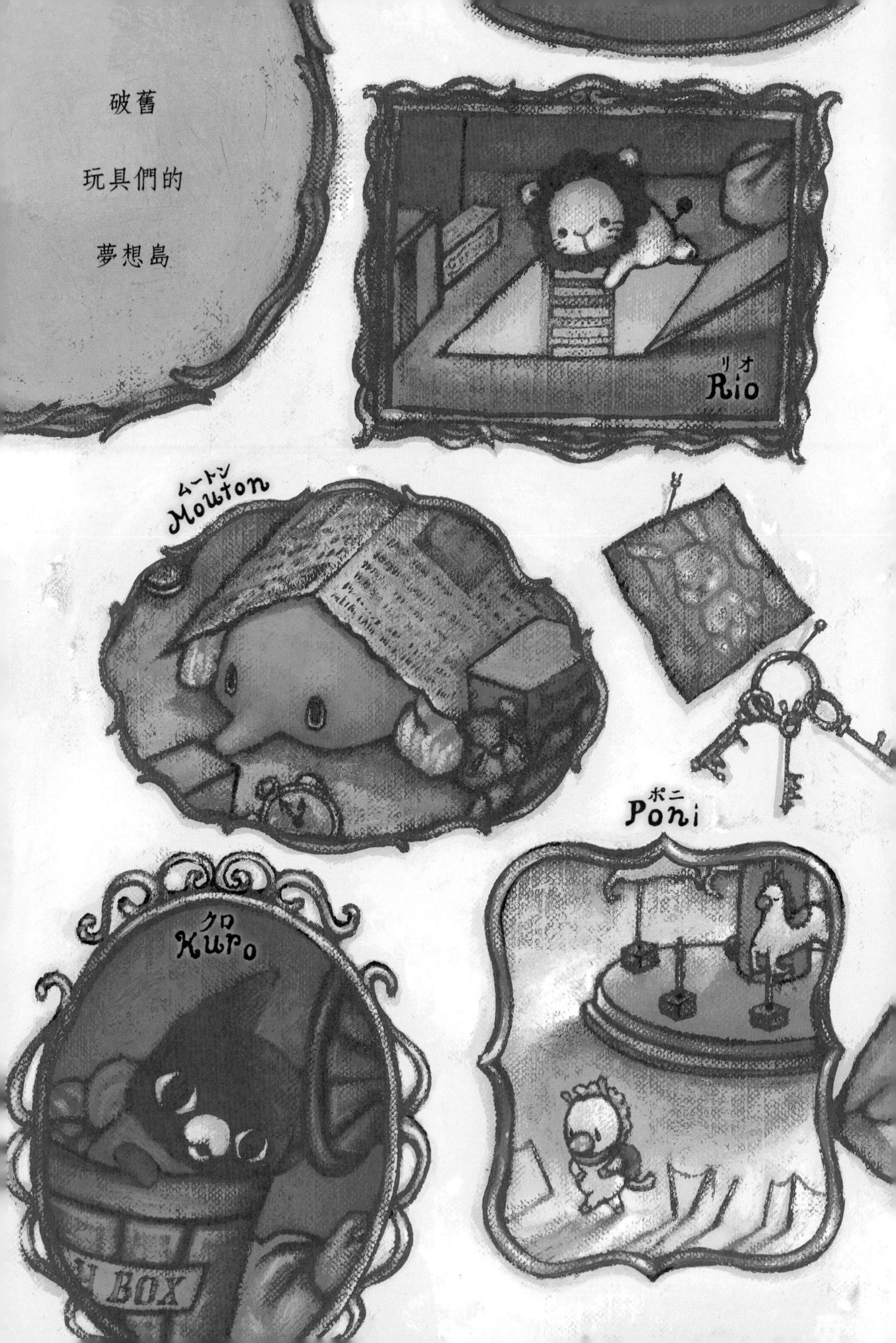
リオ
Rio
ムートン
Mouton
ポニ
Poni
クロ
Kuro
BOX

マーモ
Mamo
ピグ
Pigu
ピヨバレリーナ
Piyo Ballerina
ShaPPo シャッポ
Toto トト
ミスター・ベア
Mr.Bear
破舊玩具們
睜開雙眼

一股腦兒
從鎮上 全 溜了出來

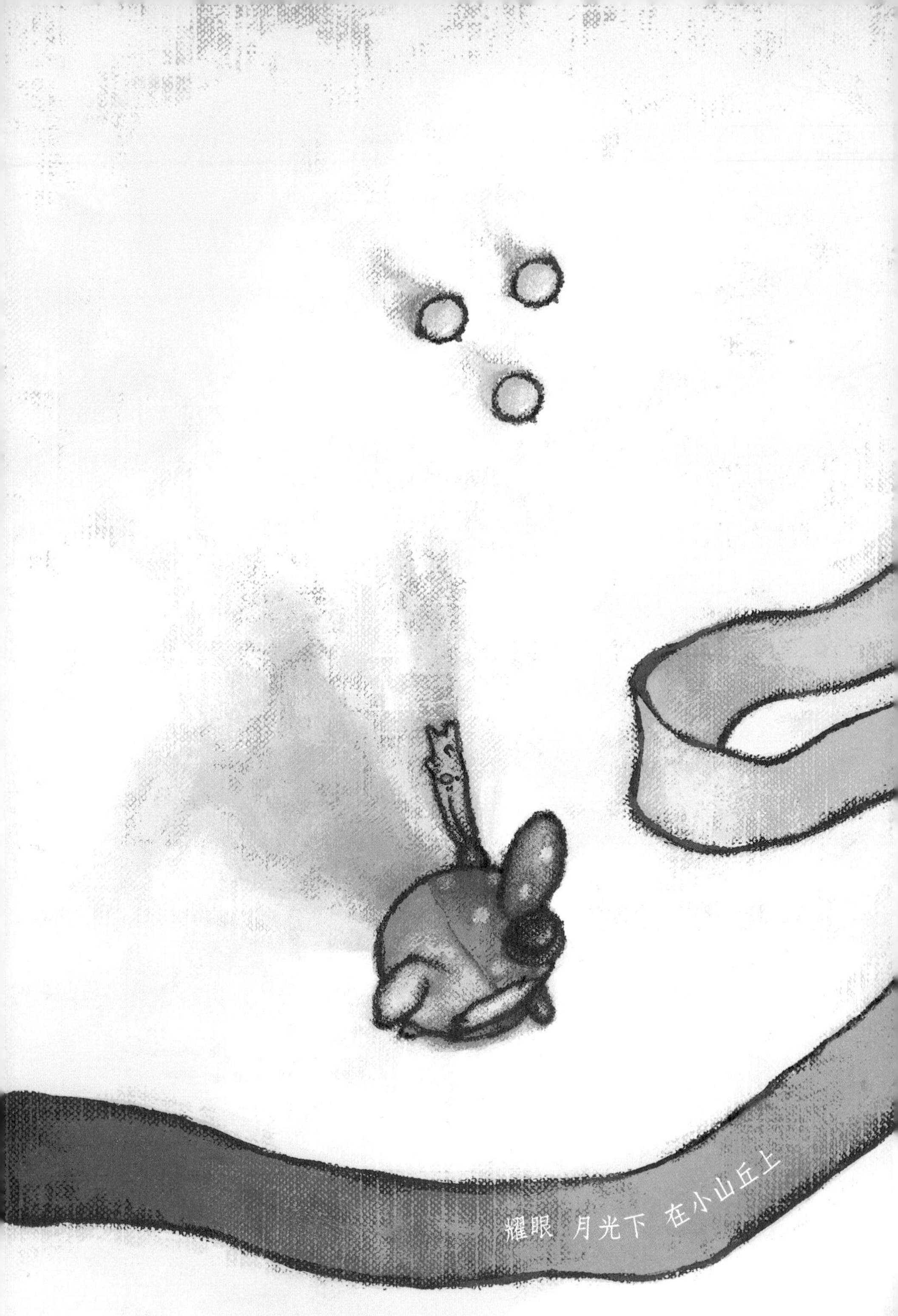

耀眼 月光下 在小山丘上

一起動手 組裝

帳篷

幕 且
先拉上

破舊玩具 新玩具

四面八方

眾人

久候

多時

即將開演

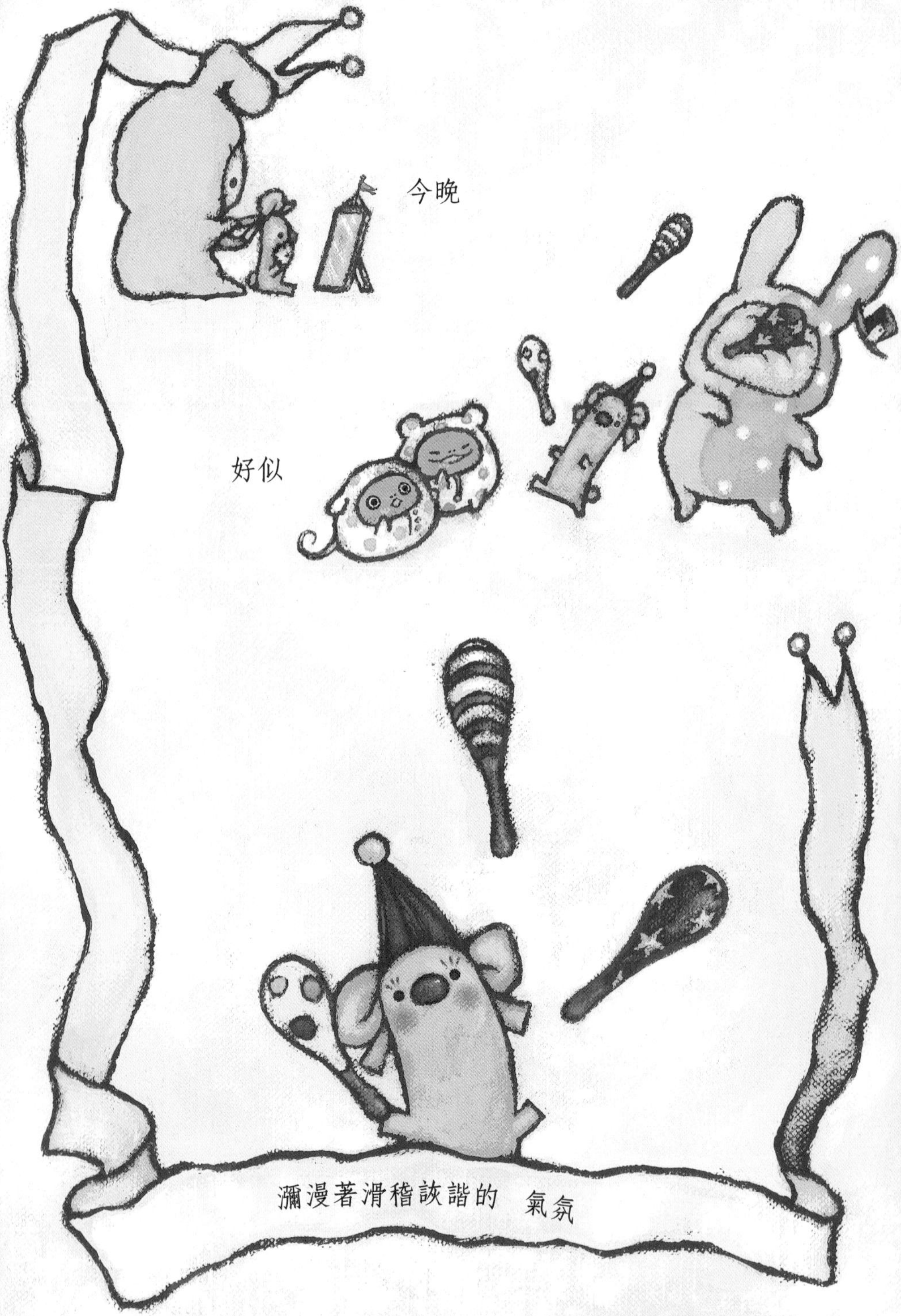
今晚
好似
瀰漫著滑稽詼諧的 氣氛

能獨占　自己所愛事物
就能為它　付出　多一點的　努力

唯獨在

此時此刻

無須感到

任何羞怯

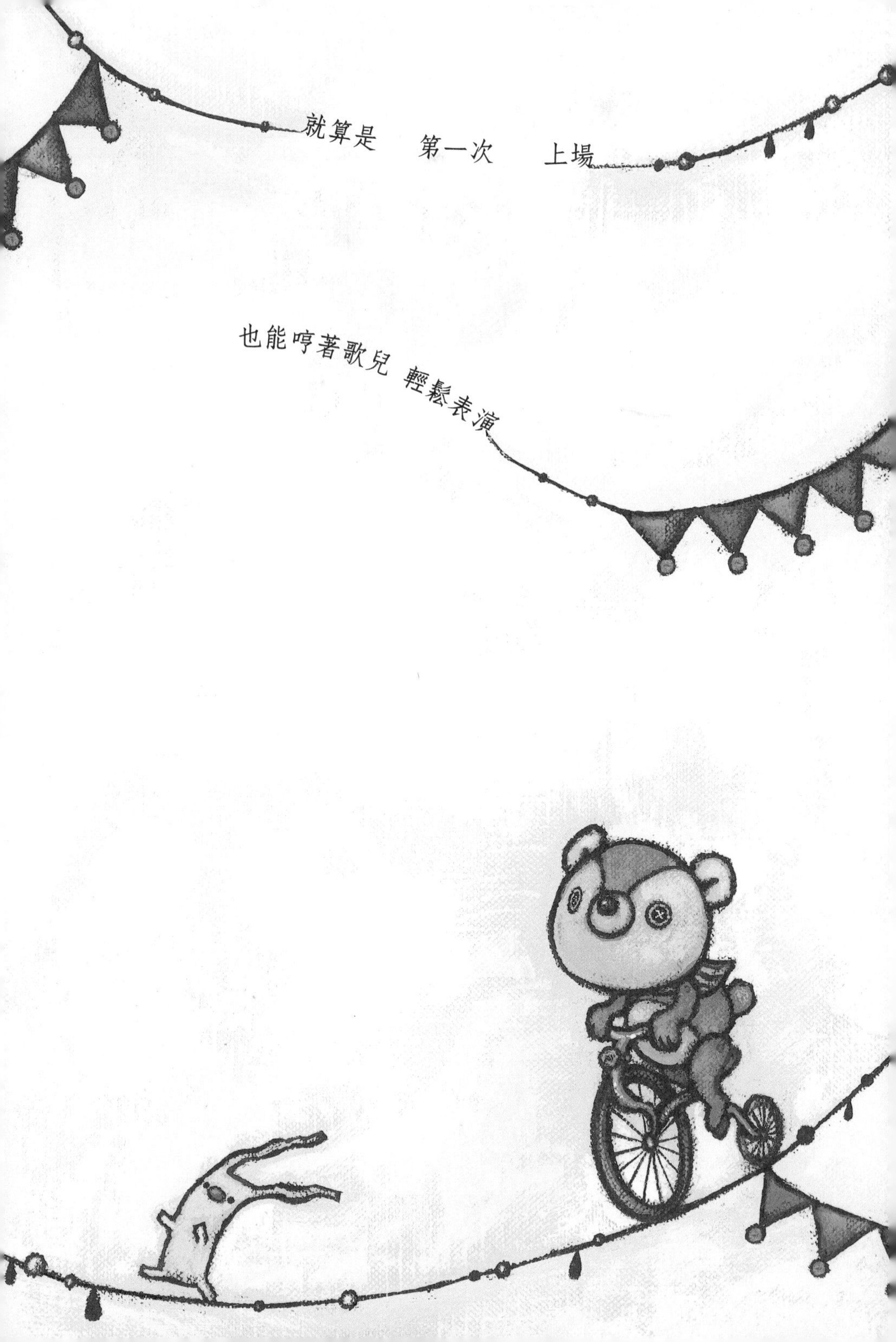
就算是　第一次　上場
也能哼著歌兒 輕鬆表演

搖搖

晃晃

慢慢地

手　拉著
手
走在鋼索上

睡意 襲來
用音樂 喚醒
接下來 誰
將登場？

個子太大

辦不到

也有 能夠

派得上 用場的

最喜愛的

談天說地

且 放一旁

齊聲 歡唱 un · deux · trois (1 · 2 · 3)

哎呀呀
負責下段節目的　那兩位
跑到哪兒去了呀……
快點兒
快點兒

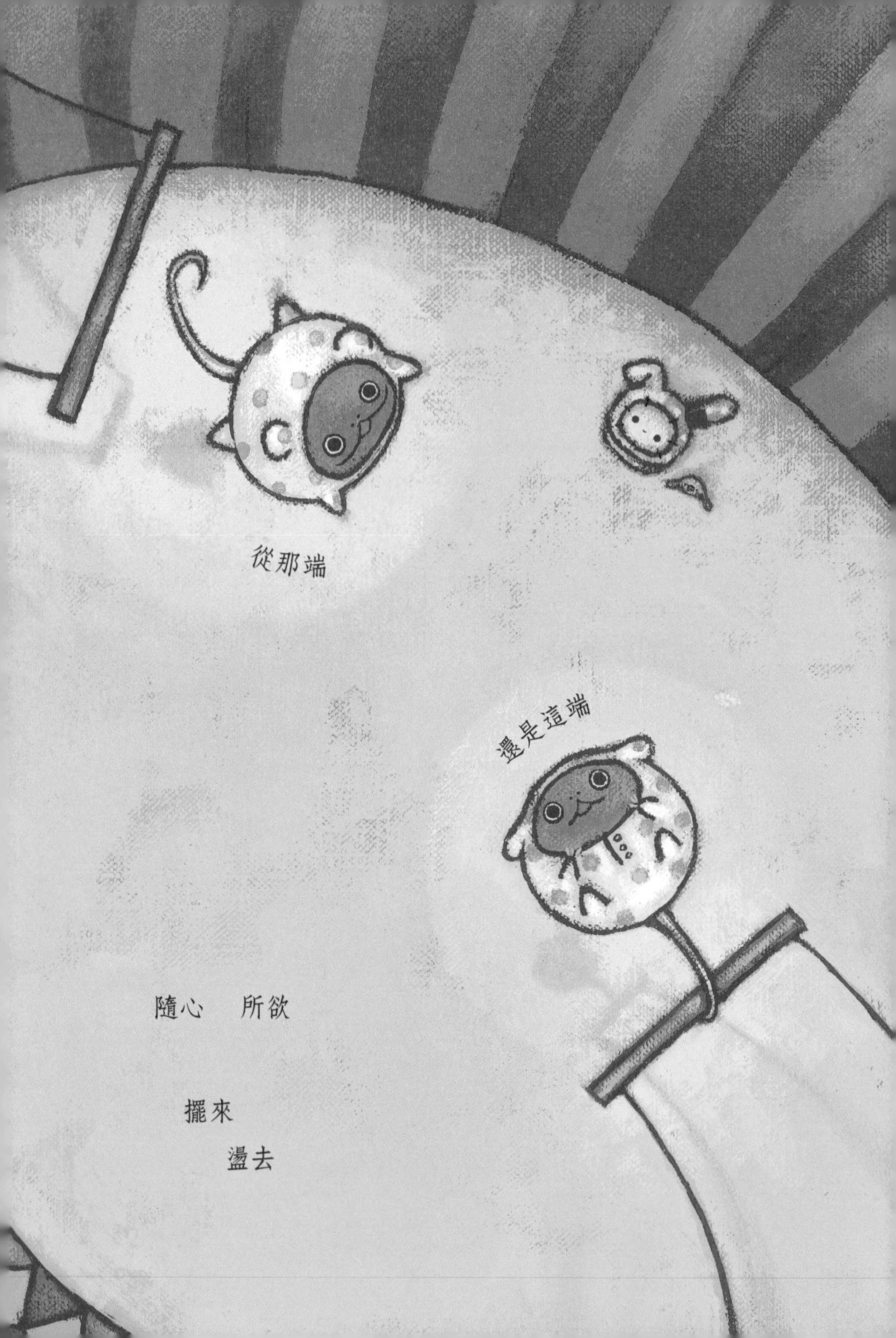

從那端

還是這端

隨心　所欲

擺來

盪去

接著　終於

摘下　帽子

沒有秘密　不耍花招
隨著晚風　往天空高飛

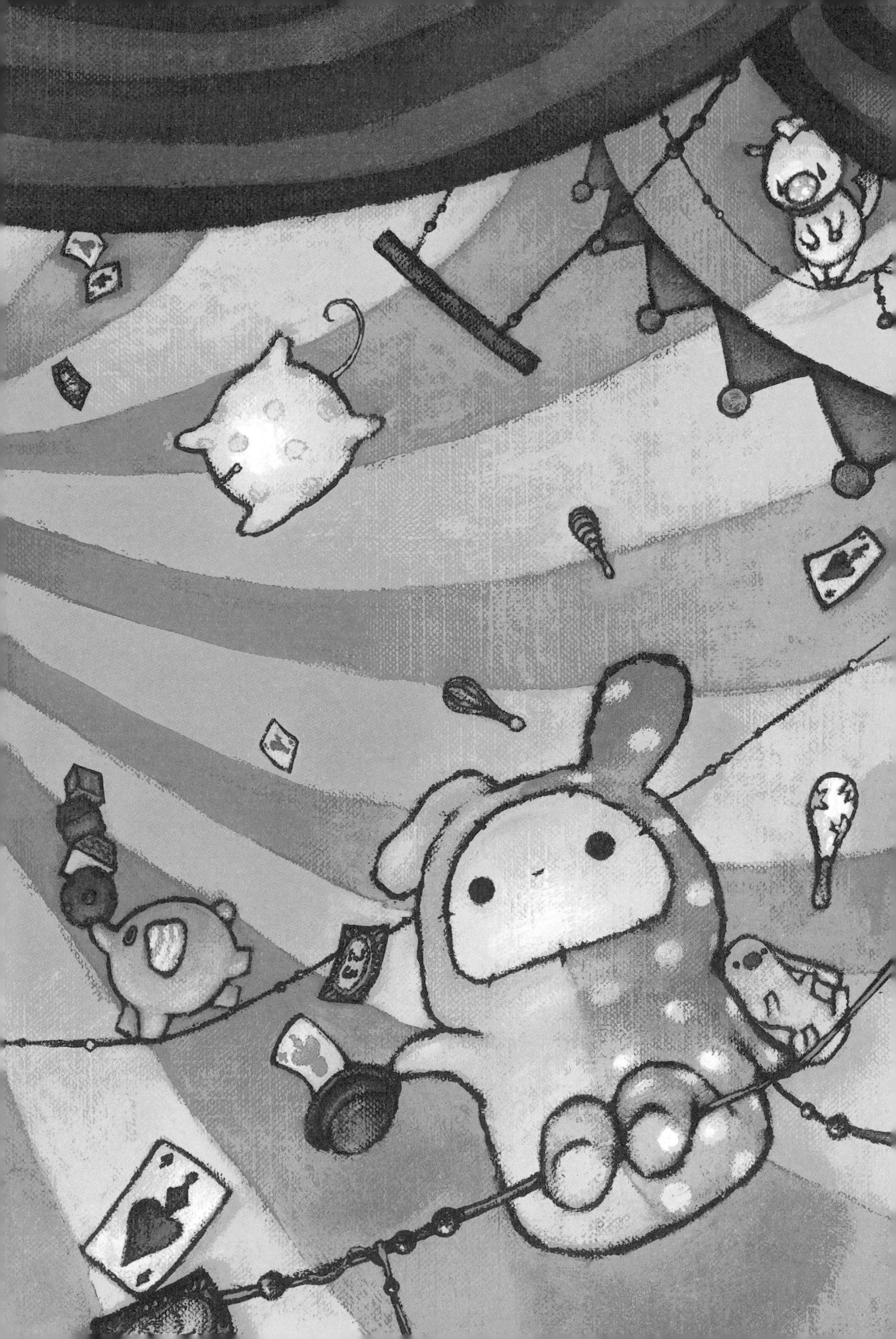

時鐘
指針
滴答滴答
滴答滴答
滴答滴答

轉動的 聲音 越來 越快 滴答滴答
滴答滴答

咚——……噹
咚——
……—咚

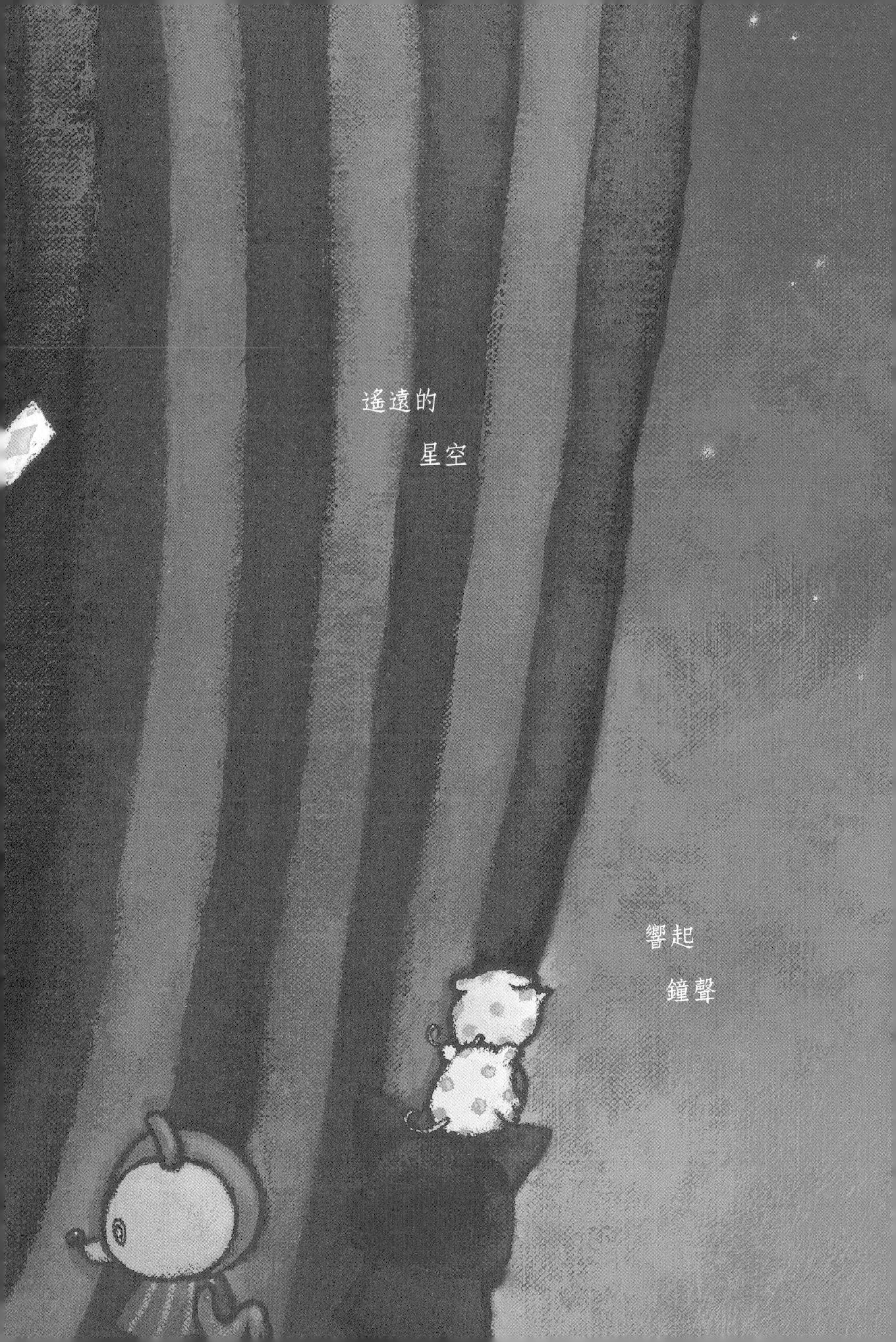
遙遠的
星空
響起
鐘聲

今晚 已接近

閉幕時分

別忘了　您的隨身物品

啪噠啪噠　收拾好　帳篷

偶然

抬頭望

滿天
星海

藍色
月光

像這樣的夜裡 總會想起

獨自一人 醒著 遙望的星空

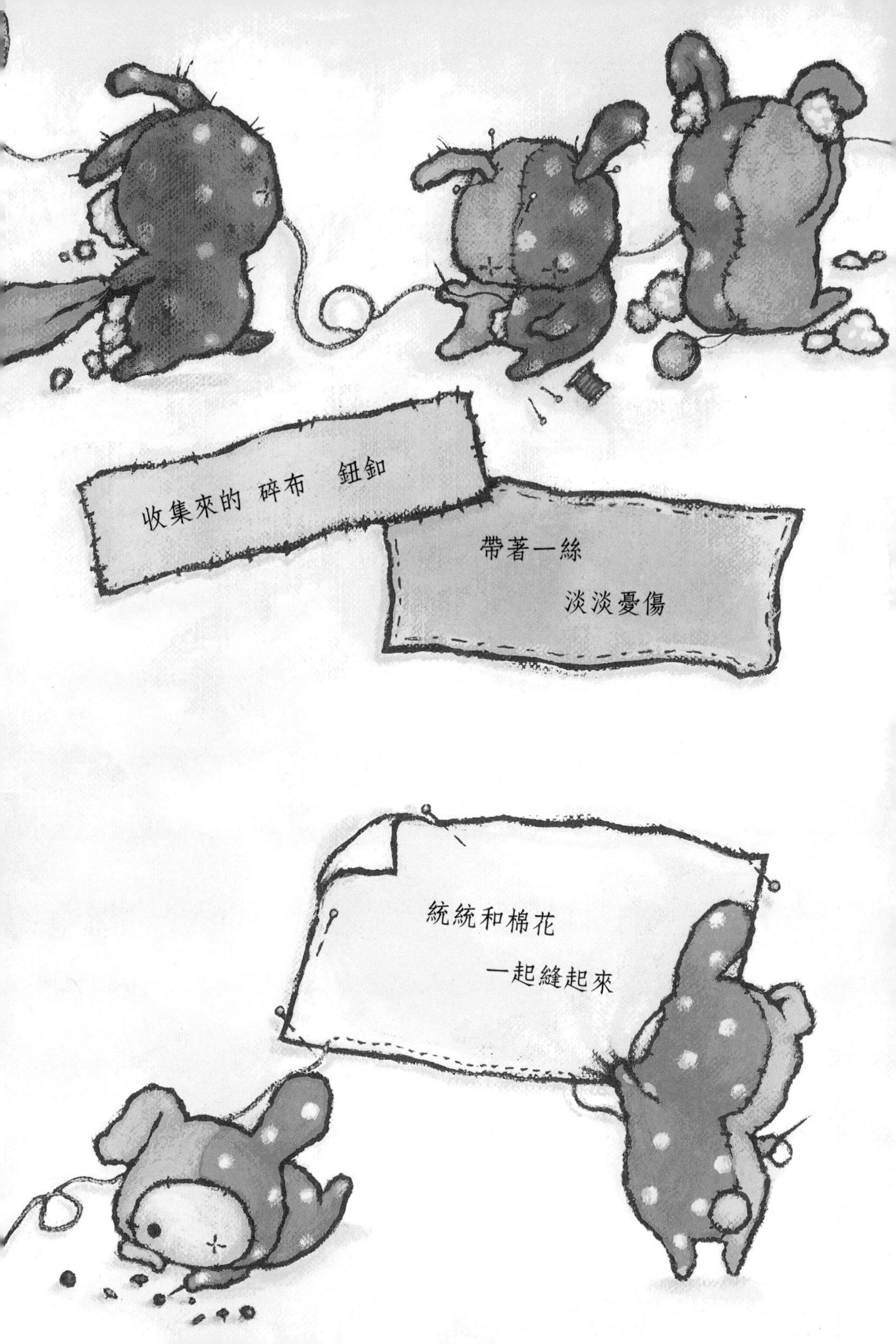
收集來的 碎布 鈕釦
帶著一絲
淡淡憂傷
統統和棉花
一起縫起來

見不到　光線

不知何時
黑夜裡 漸漸消失的
往日時光

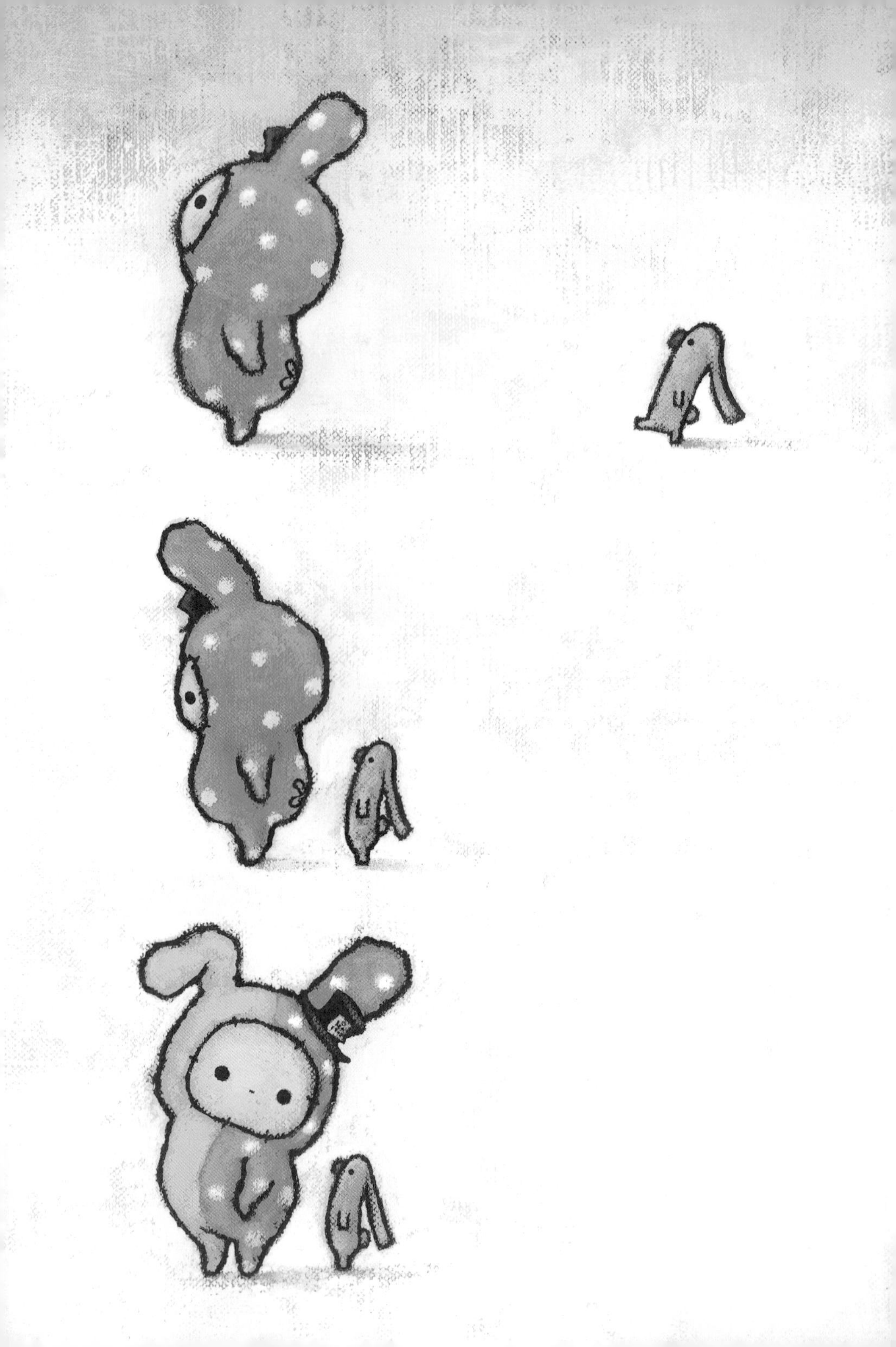

嗯

已經　沒事了

偶然

回頭看

看哪

大家

正在呼喚

來呀　來呀　馬戲團來了

破舊的 鞦韆　鋼索

在夢幻與 現實間　來回擺盪

曾專屬於寂寞人們　一夜的　舞台

只殘留　一滴　淚珠

歡呼聲 已遠

星空高掛

有一天

一定

與你相會

Sentimental Circus.

深情馬戲團

為閱讀這本繪本 及
今晚到場的所有嘉賓
致上誠心的謝意與掌聲

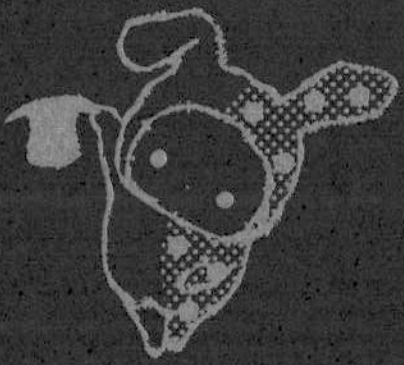

〔特別演出〕あべちあき おかだなおこ 鈴木正人 久保田愛美

責任編輯　吉川理子
作　者　市川晴子
譯　者　高雅溎
美術編輯　樂奇國際有限公司
企畫選書人　賈俊國

總 編 輯　賈俊國
副總編輯　蘇士尹
資深主編　劉佳玲
行銷企劃　張莉滎・王思婕
發 行 人　何飛鵬
法律顧問　台英國際商務法律事務所／羅明通律師
出　版
布克文化出版事業部／台北市民生東路二段 141 號 8 樓
電話：02-2500-7008　傳真：02-2502-7676　E-mail：sbooker.service@cite.com.tw
發　行
英屬蓋曼群島商家庭傳媒股份有限公司城邦分公司／台北市中山區民生東路二段 141 號 2 樓
書虫客服服務專線：02-25007718；25007719　24 小時傳真專線：02-25001990；25001991
劃撥帳號：19863813；戶名：書虫股份有限公司　讀者服務信箱：service@readingclub.com.tw
香港發行所
城邦（香港）出版集團有限公司／香港灣仔駱克道 193 號東超商業中心 1 樓
E-mail：hkcite@biznetvigator.com
馬新發行所
城邦（馬新）出版集團 Cité (M) Sdn. Bhd.
41, Jalan Radin Anum, Bandar Baru Sri Petaling, 57000 Kuala Lumpur, Malaysia
電話：+603-9057-8822　傳真：+603-9057-6622

印　刷　韋懋實業有限公司
初　版　2013 年（民 102）06 月
售　價　250 元

城邦讀書花園　布克文化
www.cite.com.tw　WWW.SBOOKER.COM.TW

Shappo

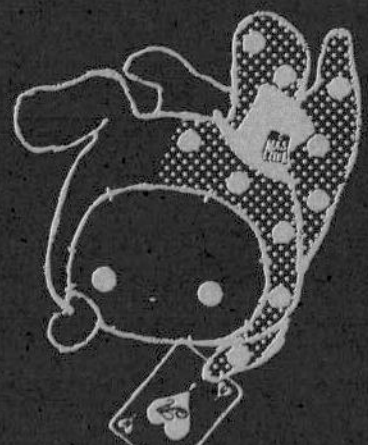

『深情馬戲團』團長。
拿手絕活是
將原本破舊的自己
瞬間變得光鮮亮麗。
帽子裡面好像
裝著針線和魔術的祕密，
又好像沒有呢。

Toto
〈雜耍〉

用 Shappo 臉部剩下的碎布
做成的好夥伴。
個子雖小，雜耍技巧
可稱得上是世界一等一。

Mouton
〈雜技〉

個性雖然溫吞自在
不過只要馬戲團一開演
就會變得很積極的
雜技名人

Mr. Bear
〈腳踏車特技〉

我行我素的馬口鐵小熊
擅長騎腳踏車
走鋼索。